l'Abominevole Selvatico

Premio Andersen - Baia delle Favole 1993
alla migliore collana
di narrativa per ragazzi

Premio Nazionale di Poesia e Fiaba Alpi Apuane
"Collana d'Oro" 1996

Cecco Mariniello

Jacopo
e
l'Abominevole Selvatico

Illustrazioni dell'autore

PIEMME
Junior

A *Olivia, Clementina e Michele*

Collana diretta da Alessandra Gnecchi Ruscone

I Edizione 2000

© 2000 - EDIZIONI PIEMME Spa
15033 Casale Monferrato (AL) - Via del Carmine, 5
Tel. 0142/3361 - Telefax 0142/74223

Stampa: Istituto Grafico Bertello - Borgo S. Dalmazzo (CN)

TANTO TEMPO FA, quando Jacopo era piccino, si andava a scuola col grembiule nero, un colletto bianco e un bel fiocco blu.

Ogni benedetto giorno di scuola, Jacopo usciva presto di casa, trotterellando accanto a una signora piccola piccola: la sua nonna, che, a mezzogiorno in punto, tornava a riprenderlo.

A casa ritrovava la mamma e il fratellino nato da poco: una bella regina di panna e di miele, prigioniera di un piccolo gnomo prepotente e arrossato, odoroso di cacca, borotalco e pipì, con la bocca sempre aperta a strillare.

Il babbo tornava più tardi, stanco, dopo il lavoro. Sprofondava nella lettura del giornale o si metteva a sonnecchiare in poltrona. Anche il sabato, anche la domenica. Erano secoli ormai che non lo portava fuori e non giocava a pallone con lui: da quella volta che invece del pallone aveva colpito con tutte le sue forze il blocco di cemento dell'ombrellone.

E DIRE CHE PER JACOPO il calcio era
sempre stato una grande passione:
quando si allenava da solo in giardino
sentiva di essere un goleador micidiale
e spietato. Danzava col pallone tra i pie-
di come un brasiliano pazzo e faceva
sempre gol a botta sicura: gol! gol! gol!

Quando invece giocava con i suoi compagni di scuola, gli capitava di confondersi tutto e di non sapere più dove mettersi. Tanto che l'unico gol della sua carriera l'aveva segnato nella propria porta. In acrobazia, per di più... Per questo, raramente trovava posto in squadra.

Se poi invece che a calcio giocavano a bandiera, Jacopo sentiva un gran tumulto nel cuore quando chiamavano il suo numero e non riusciva a decidere abbastanza in fretta se prendere la bandierina e scappare o lasciarla prendere e inseguire.

Persino a nascondino, la grande emozione di star nascosto e di doversi salvare gli giocava dei brutti scherzi: o si metteva a ridere come uno scemo nel suo nascondiglio, o usciva fuori nel momento sbagliato e si faceva far bomba.

13

JACOPO GIOCAVA MOLTO da solo. La sua casa era circondata da un giardinetto che confinava con il grande parco di una vecchia villa disabitata. Jacopo aveva scoperto da tempo un passaggio segreto, un cancellino arrugginito nascosto sotto una cascata di rampicanti inselvatichiti. Nelle lunghe ore del pomeriggio, quando nessuno si occupava di lui, Jacopo scendeva in giardino, spariva sotto i rampicanti e scavalcava il cancellino, inoltrandosi tra gli alberi secolari del parco.

Là, in mezzo agli alberi, diventava un principe o un cavaliere, un bandito gentiluomo, uno scienziato naturalista, un esploratore, una bestia selvatica o un cacciatore.

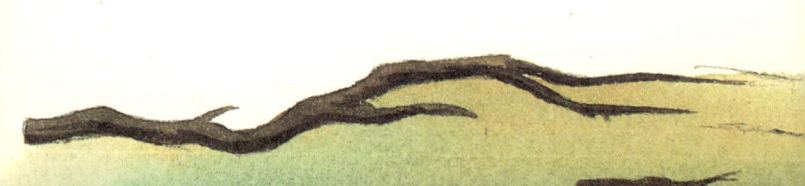

UN GIORNO arrivò in città il Grande Circo Internazionale. Jacopo con la nonna, andò allo spettacolo del pomeriggio. E mentre lei applaudiva entusiasta, lui rabbrividiva nel buio, guardando con gli occhi sgranati le apparizioni di acrobati, belve e pagliacci rincorrersi nel cerchio magico della pista illuminata.

Ma rimase infine di sasso quando fu portato sull'arena, incatenato, una specie di enorme scimmione peloso, che girò intorno a sé lo sguardo inquieto e scuro, soffermandosi per un attimo a guardare proprio lui, Jacopo. O almeno così gli sembrò.

– Ed ecco a voi – diceva il domatore – l'Abominevole Selvatico, unico esemplare in cattività del molto tremendo Yeti, o grande scimmia nevosa delle caverne himalayane. Egli si nutre di carne cruda ed è più feroce di una tigre indiavolata. Fa' sentire il tuo ruggito, Abominevole! –. E l'Abominevole ruggì da far rizzare a tutti i capelli in testa.

– Silenzio ora! – intimò il domatore e fece schioccare la sua frusta proprio sotto il naso dell'Abominevole: egli cominciò allora una terrificante danza di guerra, percuotendosi il petto con i pugni enormi e poi raccattando a manciate la terra gialla dell'arena e lanciandola in aria con urla raccapriccianti.

Jacopo fu molto impressionato e quella notte dormì male, sognando l'Abominevole.

IL GIORNO DOPO, andando a scuola, quasi sveniva notando il giornale che dall'edicola strillava a grossi titoli di scatola:

FUGGE DAL CIRCO
L'ABOMINEVOLE UOMO SELVATICO

In classe commentavano la notizia con grande eccitazione: il giornale diceva che era una belva feroce, ghiottissima in particolare di bambini dai sei ai dieci anni.

Quella sera Jacopo si girava nel letto
senza riuscire a prender sonno: gli pareva di sentir frusciare sul grande tiglio
di fronte alla finestra della sua camera.
Sentì anche scricchiolii strani in giardino e come dei rochi grugniti soffocati.

LA GIORNATA SEGUENTE trascorse inquieta. Si sentiva sottosopra e la sera non voleva andare a letto. Quando infine gli toccò coricarsi, rimase a lungo in ascolto senza dormire.

Era appena caduto in un sonno agitato, quando fu svegliato dal rumore della sua finestra che si apriva: ai suoi occhi spalancati apparve allora il faccione peloso dell'Abominevole Selvatico.

– Non strilla tu! – disse subito il bestione. – Io non fa nulla, io non mangia i bambini. Mangia tutta frutta io... Sono scappato da circo e fatto male gamba per strappare catena. Tu aiuta me: tu disinfetta caviglia e poi fascia. Con acqua ossigenata, prego. Non con alcol che pizzica.

Jacopo era stupefatto e forse tremava anche un po', ma fece tutto quello che l'Abominevole gli chiedeva.

– Loro mi cercano – disse ancora l'Abominevole quando fu fasciato. – Tu nasconde me qui, prego.

E si sdraiò lungo disteso accanto al letto di Jacopo. Poi si addormentò. Jacopo si allungò di nuovo sotto le coperte. Tutta la stanza profumava gradevolmente di muschio. Si addormentò a sua volta.

La mattina dopo si sentì svegliare dal tocco lieve di una manona pelosa.

– Io scappa prima che qualcuno viene. Tu può trovare me su quercia grande che tu sai. Quella dove tu gioca... –. Aprì la finestra e si dileguò, gigantesco e leggero tra i rami del tiglio.

TORNATO DA SCUOLA Jacopo pranzò in fretta e poi scese in giardino. Si infilò nel passaggio segreto e in breve fu sotto la grande quercia che gli serviva da base per i suoi giochi. L'Uomo Selvatico si calò giù lungo il tronco e poi aiutò Jacopo a salire su in alto, dove tra i rami, aveva preparato uno spazioso giaciglio di frasche e di muschio.

– Io qui proprio bene – disse il Selvatico. – Gamba meglio, grazie! Qui nessuno mi trova. Io resta qui fino a che tutti stanchi di cercare. Noi molto giocare insieme... Per mangiare nessun problema: tutta piena terra di radicette gustose e pure meluzze squisite su vecchi alberi là in fondo. Tieni, assaggia! – e porse a Jacopo una specie di grosso ravanello che aveva un buon sapore di fragola e terra, caffè e cioccolato.

QUELLA PRIMAVERA Jacopo trascorse ogni momento libero nel parco insieme all'Uomo Selvatico. Facevano merende squisite su nel nascondiglio tra i rami e poi giocavano.

Facevano la lotta: la lotta selvatica. Jacopo aveva imparato a digrignare i denti e a battersi il petto con i pugni.

– Tu deve infuriare! – gli diceva l'Abominevole. E Jacopo infuriava.

Quando erano stanchi restavano sdraiati per terra: il bambino contro la pelliccia del bestione che lo cingeva con un braccio e guardando in su, diceva: – Ora noi riposa insieme sotto alberi forti e buoni.

Jacopo stava bene come non era mai stato. La mamma e la nonna lo trovavano colorito e allegro e non si preoccupavano delle sue lunghe assenze in giardino.

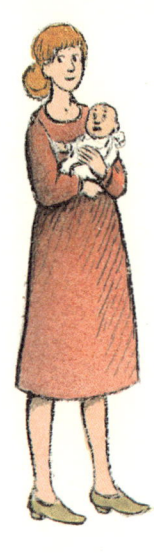

Ben presto cominciarono ad esserci altri visitatori sotto la grande quercia: erano animali selvatici che parevano irresistibilmente attratti dalla presenza dell'Abominevole. Istrici, tassi, donnole e porcospini se ne stavano lì poco lontano durante i loro giochi.

Poi arrivarono le volpi dalle loro strade segrete e alla fine (incredibile!) fecero la loro comparsa chissà da dove perfino due lupi, uno più grande e uno più piccolo.

– Loro vuole giocare con noi – diceva l'Abominevole. – E noi gioca, così tu impara ad essere furbo e veloce! –. Giocavano a rincorrersi, a fuggire e a inseguire, a difendersi e ad attaccare.

Alla fine Jacopo riposava con la testa adagiata nell'incavo peloso del braccio dell'Abominevole, che spesso recitava fra sé e sé frasi di questo tipo: – Tu piccolo, io grande, ma alberi più grandi ancora. Montagne grandissime e cielo senza fondo, infinito.

Poi faceva un rutto al sapore di mela e cominciava a canticchiare qualche antichissima canzoncina himalayana.

QUANDO INIZIÒ L'ESTATE e fu caldo, l'Abominevole veniva spesso anche di notte sui rami del tiglio a svegliare Jacopo, che lo seguiva sull'albero e poi nel parco abbandonato.

Correvano a lungo sotto la luna e tra gli alberi. I due lupi, uno più grande e uno più piccolo, erano sempre con loro.

Infine, Jacopo dovette partire per il mare con la sua famiglia. La sera prima il Selvatico lo strinse forte contro di sé in un abbraccio che non finiva mai.

PASSARONO TRE SETTIMANE. Appena tornato in città, Jacopo corse nel parco sotto la quercia grande, ma dell'Abominevole non c'era traccia. Riuscì ad arrampicarsi da solo fino al nascondiglio segreto, ma non c'era nessuno e anzi il materasso di fronde e di muschio era mezzo disfatto.

Nei giorni seguenti tornò più e più volte nel parco, ma non trovò mai nessuno; anche gli animali sembravano spariti. Allora divenne triste e inconsolabile.

Eppure il suo fratellino, ora aveva cominciato a sorridergli e anche la mamma pareva più disponibile per lui.

Perfino il babbo sembrava più allegro e lo aveva portato anche al cinema e gli aveva promesso che quell'inverno sarebbero andati a sciare insieme. Jacopo rimaneva inconsolabile.

Venne il primo giorno di scuola e Jacopo sedette al suo posto in classe, triste e inconsolabile.

E poi arrivò anche la prima partita di calcio e Jacopo era triste e inconsolabile. Ma lo presero in squadra perché quel giorno ben sette compagni erano assenti.

Jacopo trotterellò un po' a casaccio all'inizio. Poi, tra gli arbusti stenti che chiudevano il campetto da un lato, scorse distintamente, il guizzo rossastro di una volpe: allora sentì l'energia selvatica entrargli a fiotti nel sangue.

E mentre rubava palla all'avversario, vide sul bordo del campo due lupi fermi a guardarlo. Solo lui li vide: uno più grande e uno più piccolo. Rimasero lì immobili per un attimo e poi si dileguarono silenziosi.

Allora si sentì invadere da una rossa forza selvaggia: lasciandosi sfuggire un breve ululato, si avventò sulla porta avversaria e tirò una tremenda zampata: gol!

Quel giorno ne fece cinque.

Per festeggiare si percuoteva il petto coi pugni, strappava l'erba da terra e la lanciava in aria.